Konstantinos Chrestomanos

Die Graue Frau

Konstantinos Chrestomanos

Die Graue Frau

ISBN/EAN: 9783743460003

Hergestellt in Europa, USA, Kanada, Australien, Japan

Cover: Foto ©Andreas Hilbeck / pixelio.de

Manufactured and distributed by brebook publishing software (www.brebook.com)

Konstantinos Chrestomanos

Die Graue Frau

Constantin Christomanos

Die graue Frau

WIEN
Carl Konegen
1898

DEM SCHMERZE DER MÜTTER

HEILIG

ΜΟΡΕ · ΕΛΕΟΝ · ΕΛΕΟΝ · ΕΛΕΟΝ ·
ΜΟΡΕ

Orchester-Vorspiel:

Chopin's Präludien

Nr. 3, 15, 20.

DIE GRAUE FRAU

ΤΑ ΤΟΥ ΔΡΑΜΑΤΟΣ ΠΡΟΣΩΠΑ.

LYSANDER.   AGLAIA.   EIN KIND.
EINE GRAUGEKLEIDETE FRAU.

In LYSANDERS Villa am Meere. Dieselbe ist mit der Façade hart über dem Meer auf steil abfallenden Klippen erbaut. Rückwärts umgiebt sie ein weiter parkartiger Garten mit alten Bäumen. — Ein mit erlesenem Kunstsinn ausgestatteter Wohnraum: Renaissance-Stil. Rechts und schräg, mehr im Vordergrunde der Bühne und in der Tiefe eines Turmerkers, ein breites und hohes Bogenfenster mit grossen schiebbaren Spiegelscheiben, das über dem Meer und den Klippen sich öffnet. Links eine geschnitzte Eichentür zu den übrigen Räumlichkeiten führend. In der Tiefe ein Fenster und eine Glastür auf die Orangerie und den Park hinaus.

Beide Fenster und die Glastür sind offen. Von letzterer führt über eine Terrasse mit hohen marmornen Blumenvasen, worin gelber Krokus und rote Geranien blühen, eine Freitreppe zum Park hinab. Abendliche Blumendüfte und der Atem des Meeres ziehen durch den Raum. Es dämmert. Im Zimmer Helldunkel; ein weicher Silberton rieselt durch das Meerfenster und legt sich auf alle Linien. Der Garten ist in blaues Licht getaucht; es leuchtet herein ein entfernter perlgrauer Himmel, auf dem die schwärzlichen Massen grosser Föhren und Cypressen mit sonnebeleuchteten Wipfeln sich abheben.

EINZIGER ACT.

ERSTE SCENE.

In der Tiefe des Zimmers, nahe der offenen Gartentür, wie eingesunken in einem weiten Lehnsessel aus Rohrgeflecht, AGLAIA, das Gesicht gegen den fernen erlöschenden Himmel gewendet. Sie ist fast kindlich jung und psychenhaft zart. Nur ihr weisses Kleid und der Glorienschein, den die kleinen krausen Haare um ihren blonden Kopf bilden, schimmern aus dem Dunkel hervor. Sie träumt vor sich hin... Später tritt LYSANDER ein: — sehr junger Mann, hochgewachsen und stark mit breiten Schultern, dabei aber schlank und geschmeidig — schöner, stolzer Kopf mit braunem Lockenhaar: der Alexander-Typus im Gesicht — dunkle blitzende Augen unter leicht nach aussen und oben geschwungenen Brauen. Er trägt eine schwarze Samtjoppe. — Er macht einige Schritte gegen die Terrasse, ohne AGLAIA zu sehen, und verweilt im Anblick des schlummernden Gartens unter der Glastür. Dann wendet er sich um, wie vom Schimmer des weissen Kleides angezogen.

LYSANDER,
mit einer tiefen, melodisch nachklingenden Stimme.

Aglaia, bist du hier?... Es sagte mir Etwas, dass ich nicht allein bin —

AGLAIA,

> nach einigen Sekunden, wie aus tiefem Schlafe aufgeschreckt.

Ich habe dich gar nicht hereinkommen sehen... Ich sitze hier und träume.. deine Stimme klang in meinen Traum... Ich wollte dir antworten im Traume, und da bin ich erwacht...

LYSANDER.

Wollen wir nicht ein bischen in den Garten gehen? Es ist jetzt so angenehm kühl... — Wie die Orangen heute wieder duften!...

AGLAIA,

> gleichsam noch halb im Träumen befangen, in einzelnen Absätzen, leise und mehr zu sich selbst.

Ach nein! — So schön ist diese Stunde — — Wir werden sie verscheuchen.. lassen wir sie lieber leise an uns vorüberziehen... Alles um uns herum ist so ferne.. der bleiche Himmel dort zieht alles zu sich —

> Kurze Pause.

..die Bäume des Gartens, das Meer, alle Gegenstände, wir selbst sind uns entrückt so weit und tief — wie unter vielen Wassern!... Wir wissen, dass alles da ist, aber wir werden nicht erdrückt durch die

äusseren Formen.. unsere Augen werden nicht mehr müde, allen Linien folgen zu müssen, die äusseren Erscheinungen zu ertragen —
Kurze Pause.
..auf eine dunkle Fläche legen sie sich hin wie auf einen Seespiegel, unter welchem es schlummernde Tiefen giebt — — Und da ruhen sie aus... Dann kommen ungesehene Dinge, o so ferne, unerreichbare Dinge zu ihnen, als hätten sie gewartet auf diesen Augenblick... Mit welcher Sehnsucht müssen sie darauf gewartet haben, wenn sie sich so sehr beeilen, sich gegenseitig zurückdrängen, um nur an die Oberfläche zu kommen! — Und unsere Augen fragen dann: «Ja, wo waret ihr denn so lange? Warum seid ihr nicht früher gekommen? Der Tag hat doch viele Stunden, die Woche viele Tage, die Jahre viele Wochen?.. und ihr kamet nicht?» — Aber da sind sie gleich wieder weg. Man darf sie niemals fragen.. (Geheimnissvoll flüsternd.) Lysander, man darf sich niemals Rechnung geben davon, dass sie da sind — — Wie Blasen sind sie, die aus der Seetiefe heraufkommen.. o, aus welchen Geheimnissen? —
Kurze Pause.

.. von etwas Verwesendem, das irgendwohin geht.. — und dann? — nur einige flüchtige Ringe zeigen, dass sie da waren...

>Kurze Pause.

Wie oft habe ich die kleinen silbernen Blasen beobachtet, als ich am Ufer des Teiches in den Binsen lag und das Wasser so grün und klar war, dass man bis auf den Grund schauen konnte: — lange, lange sah ich ihnen zu, wie sie aus der Tiefe langsam heraufzogen.. ich schloss die Augen, um sie mit meinen Blicken nicht zu schrecken — aber sie zerflossen dennoch... Den ganzen Weg kamen sie nur, um wieder zu verschwinden...

LYSANDER
>ist inzwischen nahe an AGLAIA herangetreten; er beugt sich über sie und schüttelt sie zärtlich an den Schultern.

O du Binsenschläferin! Wasserlauscherin du! (Mit leisem herzlichen Lachen.) Sag' mir einmal, wie träumst du denn eigentlich, mit offenen Augen oder mit geschlossenen — —? (Er tippt ihr mit dem Finger auf die Lider.)

AGLAIA, leise, ihre Gedanken fortspinnend.

.. Die Träume sind auch Blasen, Lysander.. — woher das alles zu uns kommt?.. sie waren da und sind verschwunden und lassen hinter sich nur die Erinnerung an etwas Unendliches — ohne Grenzen: an unsägliche Freuden, wie alle Wonnen des Lebens sie nicht zu geben vermögen.. oder an die entsetzlichste Trauer — ein Weh wie alles Weh zusammen, worin die Seele ganz und gar untergeht.. — nur die Erinnerung, nur die Erinnerung der Erinnerung.. und die ist immer schmerzlich, ob man Leid oder unaussprechliches Glück geträumt hat — —

LYSANDER,
mit erkünstelter Neugierde, eigentlich belustigt.

Aber du! — weiss man denn nicht immer auch, dass man träumt?

AGLAIA, voll naiven Ernstes.

Ja, man weiss es oft, aber man glaubt was man träumt und ist nicht erstaunt darüber. Man sagt sich: «Jetzt träume ich», wie man sich sagt: «Ich lebe» — als müsste es immer nur so sein! Man ist nicht neugierig auf seinen Traum wie auf den Ausgang eines Schauspieles, sondern erlebt ihn mit, wie das andere Leben... (In überlegenem, gleichsam belehrendem Tone.) Dieses Andere ist dann nicht mehr da für uns.. — sowie etwas davon in unseren Traum hineinkommt, ist es mit demselben vorbei — (Erwartungsvoll.) .. da geschieht eine lautlose Verwandlung: aus einem Leben kommen wir plötzlich in ein anderes.. wir befinden uns wieder in unserem Bette oder in dem Lehnstuhl hier, während wir vor einigen Secunden noch auf einer Wiese lagen (Mit vielsagendem Kopfnicken und tiefsinniger Miene.) — ja, tatsächlich auf einer Wiese lagen und mit den Blumen sprachen... (Traurig, tief aufatmend.) Aber aus diesem sogenannten wirklichen Leben wachen wir nicht auf, Lysander!.. es ist ein fortwährender Traum, aus dem wir uns nur auf kurze Zeit wegträumen dürfen — — (Wie in eine süsse Erinnerung sich versenkend.) Wie oft bin ich nicht auf den Fussspitzen aus dem Walddunkel nach dem Rande einer Lichtung geschlichen, um all die süssen Worte zu erlauschen, die die Gräser und die Blumen einander zuflüstern, wenn der Wind leise über sie fährt.. — aber da waren sie wieder stumm — und ich weiss doch, dass sie sich etwas sagten... Ob sie mein weisses Kleid erblickt hatten? — Und mit den

Bäumen im Walde ist es gerade so.. (Behutsam, mit einer Geberde des plötzlichen Innehaltens.) sowie man sich ihnen nähert, halten sie inne mit den endlos langen Geschichten, die sie sich erzählen, und blicken auf uns herab mit ernsten stummen Augen... Als ich noch ein junges Mädchen war — (Sie lächelt flüchtig. — Gleichsam eine ungestellte Frage beantwortend.) ..o ja, bevor ich mich verheiratete: es kommt mir wirklich sehr lange vor —

LYSANDER, unterbrechend mit lachendem Blick.

..seitdem du meine Frau bist? —

AGLAIA.

..nein, seitdem ich nicht mehr so bin wie früher.. — da dachte ich, ich brauche mich nur einmal hinzustellen, um alle diese geheimen Dinge zu verstehen. (Belustigt.) Ich war so sehr erpicht darauf! (Launig.) — Denk' dir, einmal liess ich mir ein rotes Kleid machen, einen Hut aus Mohnblumen, zog schwarzblaue Seidenhandschuhe an, um in das Mohnfeld zu gehen, im Glauben, die Mohnblumen würden mich nicht erkennen.. (Voll heiterer Erwartung.) mich für eine Mohnblume halten —; aber sie neigten sich alle und wogten leise im Winde.. — ich liess mich nieder auf die Erde und bog meinen Kopf zurück, als hätte auch mich der Wind umgeworfen —; doch da erhoben sie sich wieder und blickten mich mit ihren schwarzen Augen an und lächelten über die ganzen wackelnden Rotköpfchen, als wollten sie sagen: «Ach, das verstehst du doch nicht!» (Kichert gleichsam mit den Blumen.)

LYSANDER, lacht auch aus vollem Halse.

Was das für ein excentrisches Backfischchen gewesen sein muss!

AGLAIA, ernst.

Excentrisch? — Weisst du, Lysander.. ich glaube, ich war nur ein bischen verwandt (Mit einem unterdrückten Seufzer.) — und bin es noch immer.

LYSANDER.

Mit wem denn? —

AGLAIA.

Mit den Blumen.

LYSANDER, lächelnd, dann ernst.

So? — Nun, da kannst du vielleicht recht haben.. — ebenso lieblich bist du ja so — —

AGLAIA,
>ohne auf das Compliment zu achten,
ihrem Gedanken weiterfolgend.

..und von Zeit zu Zeit überkommt mich wie eine heimliche Angst, es könnte mit mir was Ähnliches geschehen wie mit den Blumen.. o, ich sag's nicht! — du kannst es dir schon denken — —

LYSANDER, ablenkend.

Nun—nun—nun! Erzähle also weiter.. das war so hübsch —

AGLAIA.

Was weiter?... (Sich besinnend — erheitert.) Ach ja! — Ein andermal zog ich mich sogar ganz grün an — goldgrün, wie eine junge samtene Föhre.. verhüllte mein Gesicht mit einem grünen Schleier, flocht mir Handschuhe aus Föhrennadeln und Zapfenschuppen, die ich an Fäden zog.. (Mit einem kleinen jauchzenden Laut, als hätte sie die Erinnerung geneckt.) — Was ich nicht alles trieb!.. — dann stellte ich mich im Föhrenwald auf, unter eine alte Föhre, und streckte die Arme aus.. ich bewegte sie nur, wenn ein Windstoss kam, zugleich mit den Föhrenzweigen... Wie lange ich da stehen musste! Zuletzt war ich todmüde! — Ich staunte, wie es die Bäume nicht auch wurden. (Ernst.) Aber es war alles umsonst: als ob die Föhren absichtlich schweigen wollten —; nur wenn der Wind durch sie fuhr, da sangen sie: aber es war, wie wenn Jemand mit geschlossenem Munde singen würde.. oder wie fernes Klingen von verwehten Harfenliedern.. — keine Worte dazu — — — Aber der Duft der Wiesenblumen haftete an mir lange und auch die Tautränen der Nadeln brachte ich mit herein in das andere — unverständige Leben... (Fast traurig.) Das war früher, als ich noch ein kleines Mädchen war. Jetzt bin ich anders.. o so anders! (Senkt den Kopf und seufzt.) Jetzt weiss ich ganz gut, dass man nicht alles hören kann, was um uns herum geflüstert wird.. man kann auch nicht alles sehen, was da ist. Es gibt Dinge, die uns ewig verschlossen bleiben — (Mit leisem Vorwurf.) gerade jene, welche uns am nächsten scheinen, sind eigentlich am weitesten entfernt...

    LYSANDER
    neigt den Kopf tief über AGLAIENS
    Nacken herab, um ihr in die Augen zu
    blicken.

Und ich, kleine Seherin, bin ich denn auch so ein geheimnisvolles Ding, so weit entfernt von deinem Herzen? —

AGLAIA,

    lebhaft, mit plötzlich ausbrechender Erbitterung.

Du? — O, du bist etwas, an was ich gar nicht zu denken vermag. Oft, wenn ich zu dir spreche, ist es mir, als hätte ich in einen tiefen Brunnen hineingerufen: — der Tonfall meiner eigenen Stimme erschreckt mich.. ich sehe sie in Dunkel fallen, taumelnd in die Tiefe sinken und verschwinden, wie von einem Abgrund verschlungen... (Sich verfinsternd.) Wenn du mir dann antwortest, so sagst du etwas ganz Anderes, als was ich dich gefragt...

    Pause; dann leidenschaftlich.

— Und deine Augen, deine Augen! — die so weich und warm blicken können... (Träumerisch.) Will ich sie etwas fragen, untertauchen in ihre Fluten.. will ich mich an ihren Samt schmiegen, mich an ihren Küssen erwärmen — so muss ich oft zurückprallen: (Mit einem scheuen Ausdruck des Schauderns.) so kalt sind sie.. kalt und starr wie Marmor — — O, wenn ich dir's nur sagen könnte... (In aufwallender Verzweiflung.) — und statt meiner fragen sie mich: «Wohin willst du?».. oder sie strahlen mich an, wie berauscht von Seligkeit, als ob sie das Glück vor sich sehen würden, als könnte ich es ihnen geben.. und da locken sie und locken sie.. und wenn ich ihr Licht trinken will, da verfliesst es meinen Körper entlang, aber kein Strahl davon dringt in mein Inneres... (Hastig und schwer atmend.) Und dann sehe ich sie von weitem nach der Ferne ziehen, wie hüpfende Sonnenlichter, als gingen sie singend wem entgegen — Einem, der da kommen sollte.. aber wenn sie auf mich fallen, sind sie erloschen... (Sie bricht in Tränen aus, die Hände faltend und ringend. — Flehentlich.) — Lysander, warum leuchten sie nicht für mich? Warum öffnen sie sich nicht meinen Blicken? Wem leben sie denn? Wen erwarten sie?... Fühlst du's nicht selber? — was dich erfüllt... Weisst du nicht, dass deine Augen lechzen nach jenem Anderen? — was nicht ist wie ich.. was ich nicht bin...

> Sie schluchzt heftig, das Gesicht in die Sessellehne bergend.

..O, ich weiss, dass du es kommen siehst — du auch.. aber ich habe nichts damit zu schaffen: ich bin es ja nicht — was du erhoffst.. (Mit einem heiseren Aufschrei.) — heute weiss ich es...

LYSANDER,

> seine beiden Hände auf ihren Kopf legend, mit weichem Tone, halb im Ernste, halb scherzend.

Was hast du nur, Aglaia? Was für zirpende Grillen sind unter diesem Goldflachse verborgen?... Du bist wie ein kleiner Vogel, der wegen irgendeines welken Blattes den Kopf zwischen die Federn steckt und nicht mehr singt... Die Dunkelheit ist es und diese ewige Träumerei, die dir das Köpfchen so schwer machen — — (Lacht leise auf, gleichsam zu seinem eigenen Gedanken.) Meine Augen sind keine Sterne und noch weniger hüpfende Sonnenlichter. Sieh' mal an — wie merkwürdig! Meine Mutter hat immer gesagt, meine Augen wären kleine Teiche, über die nie ein Windstoss gefahren. Jedes Ding ist nicht so, wie wir es sehen — oder vielmehr es ist für uns nur so — — Diese heissen Tränen, die aus deinen Augen fliessen, sind nicht jene Tropfen, auf die alle Blumen warten.. glaube mir, es giebt Regenschauer aus offenem Himmel, die gar nicht erwartet werden und ungelegen kommen, weil sie das süsse Spiel mit den lichten Sonnenfingern zerstören... Wer weiss, von welchen Quellen diese Perlen

kommen: man sieht oft keine Wolken..
— aber vielleicht sind es gerade die,
welche verhindern, dass schwarze Wolken
kommen?...

> Er lacht wieder leise, wie zu einem
> Kinde, das er etwas Trauriges vergessen
> machen will.

Siehst du, mein Liebchen, jetzt kann ich sie
auch, deine schöne Blumen- und Wolken-
sprache. Nun wirst du nicht sagen, dass
ich ein böser Brunnen bin, der deine Stimme
verschlingt... Schau' mir in die Augen!
Sind sie noch immer wie von Stein?...
(Innig.) Meine Aglaia! — Wenn sie irgend
ein Licht ausströmen, so gehört es nur dir...
Weisst du's denn nicht, wie lieb, wie lieb
ich dich habe? — Fühlst du wirklich nicht
selber, wie glücklich ich bin, weil du mein
bist.. mein! ganz mein!.. — bist du es
nicht?.. bist du nicht mein Alles? — Wenn
ich daran denke und dann die Berge und die
Bäume und hier (Er zeigt nach rechts.) das weite
weite Meer erblicke, so ist mir, als wollt'
ich sie alle mit einer einzigen Umarmung
in mich aufnehmen — einer Umarmung,
die all die Grösse meiner Liebe umfassen
würde.. — und so trinke ich, was um mich
ist: das Brausen der Wellen, das Rauschen

der Wipfel, die Blumendüfte, den Vogelgesang, den Spiegelschimmer des Teiches, den Dunst der feuchten Erde, das Flimmern der Sterne, die Milch des Mondlichtes — Alles Alles, mit allen meinen Sinnen.. und meine Augen schwimmen noch weiter darüber hinaus, die nimmersatten.. — weisst du!.. sie gehen auf die Suche, ob nicht noch etwas Anderes da wäre, das mir gehörte... Das ist es, mein Kind! Da hast du mein schreckliches Geheimnis — — (Ernster.) Ja, meine Mutter hatte doch recht, die meine Augen mit klaren Teichen verglich. Alles möchten sie in sich abgespiegelt sehen: alle Wolkenbuchten des Himmels, worin die Sterne wie Goldbienen flimmern, alle Baumwipfel, die es nur giebt und an denen die Tränen der Sonne hängen bleiben.. — aber ich denke, sie sind nicht geschaffen dafür und harren umsonst. Sie warten auf den Windstoss, der ihnen Fremdes, Ungesehenes bringen soll, aber er kommt nicht... Und es ist wol besser so. Wenn er käme, könnte vielleicht der Spiegel getrübt werden und gar nichts mehr erblicken.. selbst das Schöne verlieren, das er jetzt an seinen Busen drückt — — (Dabei drückt er Aglaia fest an sich.)

Aglaia

wendet das Gesicht auf die Seite. — Anfangs mit Bitterkeit, dann von Leidenschaft hingerissen.

Lysander — Lysander! Du sprichst sehr schön! Du sprichst immer so, wenn ich dich um einen Blick in dein Inneres bitte.. wenn ich ihn erflehe wie ein Almosen — so oft ich es auch versucht habe... Glaube mir, es war stärker als mein Wille — ich will ja nichts mehr.. ich weiss, dass es zu nichts führt... (Springt vom Sessel auf.) Du breitest dann immer eine schöne seidene Decke aus, die alles verhüllt und nur so glitzert.. — ich soll mich zufrieden geben damit, wie ein dummes kleines Kind... Ich war ja für dich immer nur ein Kind — selbst nachdem ich Mutter wurde — — (Geht in heftiger Bewegung durch das Zimmer.) Du hieltest mich nie für wert, zu wissen, wie du bist — im Ernste, als der Lysander, nicht als der Gatte der kleinen Aglaia... Aber diesmal sehe ich, ohne dass du mir etwas gezeigt hättest.. (Kommt zurück und stellt sich vor ihm hin. — Mit Nachdruck.) ich sehe jetzt, wie deine ruhige Stimme zittert.. ich sehe sie vor mir im Dunkel, wie sie weiss vor Hoffnung und Sehnsucht nach dem Windstosse lauscht.

(Leise flehend.) — Lysander, nur diesen Windstoss nicht! Mein Herz wittert ihn, es erschauert wie ein Kornfeld in seiner Erwartung.. ich sehe schon, wie er die glänzende blaue Fläche trübt. Er war noch nicht da und muss kommen — notwendig muss er kommen, weil er noch nicht da war. (Mit scheuen Blicken.) Ich sage dir, ich fühle, dass etwas unerbittlich näherrückt.. unabwendbar kommt, kommt... (Wie unter einem Gewichte fast zusammenknickend.) Ich werde dich verlieren!.. dich verlieren! (Die Arme sehnsüchtig nach Lysander ausstreckend.) Wenn du mich nicht mehr siehst, werde ich auch nicht mehr sein für dich. Du hast es ja selbst gesagt —

LYSANDER, unterbrechend, erzürnt.

Ich? — Wann habe ich das gesagt? Ja wann? — Wie passt das nur hieher?

AGLAIA,

mit einer beschwörenden Geberde, in einem Atem — dann die Hände auf die Brust pressend.

Ich kann es nicht ertragen — diesen Gedanken.. es ist besser, ich sterbe: dann werde ich dir näher sein, in dir leben als Erinnerung — neu für dich aufleben. O ja, glaube mir nur, ich werde dich dann nie verlassen. Wie ein heller Kieselstein auf dem Grunde des Teiches werde ich sein. Alle Wolken des Himmels mögest du wiederspiegeln.. ich werde doch bei dir sein, niemals von dir fortgehen, niemals mehr von deiner Tiefe weichen, von deinem Innersten mich loslösen können... Dann musst du dich meiner erbarmen... Du wirst dann vielleicht alles Andere vergessen über mich.. alles Äussere wird ausser dir sein, nur ich werde in dir sein. (Flüsternd und wie erschreckt sich anschmiegend.) — Lysander, fühlst du nicht den Schatten der unsichtbaren Wolke über unserem Glück?... (Hastig fortfahrend.) Du wirst nicht mehr nach den Wolken blicken wollen, sondern nur nach dem hellen Kieselstein auf dem Grunde (Mit erstickter Stimme.) — aber dafür muss ich erst sterben... (Sie bricht wieder in Tränen aus.)

LYSANDER, innig und betrübt.

Aglaia — Aglaia! wie traurig du mich machst. Ich bin sprachlos! Ich weiss nicht, was ich dir jetzt sagen soll... Ich sehe in der ganzen Welt nur dich — seitdem du die Meine bist.. — und wenn etwas Schönes meine Seele erreicht, da denk' ich mir, es könnte von dir kommen, es hätte in dir geschlummert, und ich hätte es erweckt und von dir an mich gezogen...

  AGLAIA, heftig, sich losreissend.

Es könnte von mir kommen! Es könnte! Aber ich selbst bin nicht imstande, es dir zu geben. Das, was ich dir sein sollte, erwartest du von Anderen. (Sie ringt die Hände.)

  LYSANDER, mit trauervollem Ernst.

Aglaia, lass'! Das ist ein böser Windstoss! Mein Blick trübt sich, und ich sehe dich nicht mehr wie früher —

  Pause. — Inzwischen hat das Dunkel zugenommen; von dem grossen Fenster nach rechts fällt der erste Mondschimmer herein. — Dann wieder LYSANDER, leise, vorwurfsvoll.

Haben wir nicht unser Kind, Aglaia?

  AGLAIA, vor sich hinstarrend, verwirrt.

Unser Kind... Mein Kind! — Das ist doch mein Sonnenschein, den ich zu meinem Leben brauche: dafür habe ich ihn ja bekommen — musste ihn bekommen.. um zu leben.. — ich bin nur deswegen geboren, um ihn zu bekommen...

       Kurze Pause.

Aber es genügt mir nicht das blosse Leben — Lysander, das genügt mir nicht! Das Leben ist nicht alles. Verstehst du denn das nicht? (In wilder Sehnsucht aufwallend.) — Ich will das Glück! Ich kann nicht sagen, was das ist — aber ich will es doch: für immer und immer wieder, immer von Neuem, ohne dass es je aufhört...

LYSANDER
> nähert sich AGLAIEN, schlingt die Arme um sie und führt sie an seiner Brust zum offenen Fenster. — Liebevoll und innig.

Komm', komm' zum Licht! Verfinstere dir nicht die hellsten Stunden des Lebens und mach' mich nicht auch unglücklich... Siehe, wie das Meer in der Grösse seiner Sehnsucht seinen Busen öffnet: der Mond versenkt sich darin.. er schmiegt seine lichten Wangen an die bebende Fläche und rieselt sich in Schlummer ein, an seiner Brust.. — und dann schlummert er fort.. er schlummert und rieselt fort, immer fort... Das ist Schlummer!... Welches Dunkel liegt unter dieser rieselnden Wonne begraben! Welche Tiefen verschweigen ihr Stöhnen, weil sie immer Tiefen bleiben müssen!... Wie Himmelsmilch ergiesst sich der Lichtstrom des Lebensglückes aus undenkbaren Fernen bis zu unseren Füssen, wo in der Tiefe die Wellen an den Klippen brechen: — von der Ferne her gerade zu uns, für uns ergiesst er sich.. dann bricht er ab, weil die Klippen da sind... O, er möchte fortrieseln, immer fortrieseln auf dem Spiegel unserer Seele, über alle stöhnenden Tiefen... Aglaia, lass' ihn nicht nur bis zu uns kommen! — zu unseren Füssen, vor unseren Herzen enden —

Pause.

..Glaubst du nicht, Aglaia, dass unsere Seelen würdig sind, dieses Glück zu beherbergen, den Lichtstrom des Glückes aufzunehmen?.. — wenn sie es nicht wären, würde er überhaupt zu uns kommen?... Schau', ist es nicht Glückes genug, dass wir uns lieben dürfen, dass wir glücklich sein könnten — so unsäglich glücklich? — wenn du nur wolltest...

AGLAIA, erregt.

Das ist es eben. Ich fürchte dieses Glück. Ich kann nichts mehr erwarten von ihm, als dass ich es verliere.. (Mit gedämpfter Stimme.)

— Tag und Nacht zittere ich vor diesem Gedanken. Ich fühle, es umschleicht mich der Neid des Glückes auf sich selbst.. — wie eine Flamme, die sich selbst verzehrt: so ist mein Glück — wenn es nicht Glück hiesse, ich müsste es Unglück nennen — — O Lysander! (Hastig, immer bewegter.) — sieh' dort im rieselnden Strom des Lichtes die feinen schwarzen Linien, wie sie die Milch des Schlummers durchzüngeln... Siehst du sie, Lysander, die Schlangen?.. sie winden sich durch die ganze Länge, durch die ganze Breite, über alle Weite — nicht ein Punkt ist, den sie nicht mit ihren Schatten verdunkeln, wenn man scharf hinsieht... Und sie schlängeln sich bis hieher.. (Sie beugt sich aus dem Fenster.) bis zu den Klippen! (Sie zieht LYSANDER nach sich, um auszublicken.) — Lysander, sieh', wie sie die Klippen ersteigen.. sich in die Spalten einnisten!... (Sie flüchtet sich an die Brust LYSANDERS. — Er streichelt ihr das Haar.)

LYSANDER, weich.

Aglaia, bist du krank? — — Wie dein goldenes Haar im Mondlicht schimmert! Ich weiss nicht, welches Licht mehr Glück ausstrahlt, das Licht deiner Haare oder der Mondschein dort auf dem Wasser. Jeder Seidenfaden deines Haares ist ein Lichtstrahl. Und doch legen sich auch darüber Schatten.. hier!.. hier!... Kannst du glauben, dass diese Schatten die Lichtfäden, die sie verdunkeln, verlöschen machen?.. — sie sind nur da, damit man jene neu wieder entdecken kann. Wo früher Finsternis war, ist später Licht. Wir dürfen nicht all das Licht auf einmal erblicken: wir würden vielleicht daran erblinden oder — sterben.

> AGLAIA hat ihren Kopf an die Schulter LYSANDERS zurückgelehnt; ihr Gesicht ist tränenüberströmt. — LYSANDER fährt wieder mit seiner Hand sanft über ihr Antlitz.

Du weinst wieder? — Weine nur! Diese Tränen sind lieblicher als Tautropfen; sie sind süsser als die ersten Küsse.. — nun werden die Blumen deiner Augen still aufblühen und wieder duften...

> AGLAIA,
> mit zuckenden Mundwinkeln und vor Rührung bebender Stimme.

Warum flimmern denn die Sterne am Himmel so stark?... Es ist, als ob sie auch Tränen in den Augen hätten, flüssige, grüne und blaue Lichttränen.. — sie bleiben immer an ihren Augen hängen, so oft sie die Lider auch öffnen und schliessen.. sie wollen ihnen von den Lidern nicht fallen... Ich fühle, meine Augen werden auch niemals trocken werden wollen —

LYSANDER,
wie zu einem müdeverweinten Kinde.

Weisst du, mein Kind? — das ist, weil die Sterne niemals die Sonne sehen —: so oft sie auch kommen, so sehr sie sich auch beeilen, die Sonne zu erreichen — sie ist doch nicht mehr da und lässt nur einen purpurnen Haarschleier ihres Sehnens zurück... (Zärtlich.) Aber ich bin ja bei dir, ich werde dir mit meinen tanzenden Sonnenlichtern die Augen austrocknen, damit sie wieder klar und hell schauen.. so — so — — (Er küsst sie wiederholt auf die Augen.)

AGLAIA
schlingt die Arme mit wildem Ungestüm um seinen Nacken. — Ausser sich vor Leidenschaft.

Mein Lysander! O mein Lysander! Du weisst ja nicht — du armer — du bist nur ein Mann —

LYSANDER,
> wie zu einem Kinde, das man mit der Aussicht auf etwas Freudiges wieder beschwichtigen möchte.

Und jetzt wollen wir Licht machen, dann werden deine krausen Gedanken wie Nebelschwaden zerfliessen. Dann lassen wir den Kleinen hereinbringen und spielen mit ihm, bis er «gute Nacht» sagt: «gute Nacht, Papa! gute Nacht, Mama!» Da wird es hellen Sonnenschein geben, und der Spiegel des Teiches wird wie Gold glänzen. — Wo mag da wol der helle Kieselstein sein? (Er blickt ihr mit kosenden Augen lange ins Antlitz.) Was wirst du denn heute dem Kleinen für ein Liedchen vorsingen, wenn du ihn zu Bette bringst? Nun?.. Aglaia? — was für ein Lied?...

AGLAIA,
> einige Secunden wie geistesabwesend — dann halb traurig, halb schäkernd.

..O, das würde kein lustiges sein..vom einsamen Kieselstein auf dem tiefen Grunde des Sees... (Plötzlich lebhaft, wie von einem Gedanken erwärmt.) — Ach, weisst du, ich vergass es dir zu sagen.. heute werde ich ihm überhaupt kein Schlummerlied singen brauchen.. heute kommt die neue Kindsfrau für Dorus — sie sollte eigentlich schon da sein... Grossmama hat sie gefunden, wie du weisst. Sie ist ganz entzückt von ihr; sie sagt, sie sei ein Juwel, ein Schatz — und dabei so unglücklich! (Mitleidsvoll.) — Denk' dir, die Arme! Ihren Mann hat sie verloren und vor wenigen Monaten noch ihr einziges Kind: — sie selbst hat es vom Fenster fallen lassen, während sie es in den Armen hielt.. vom vierten Stockwerk. (Wie für sich, nachdenklich.) Schauerlich!... Es war gerade so alt wie unser Dorus — zwei Jahr und einen Monat... (Wieder lebhafter.) Seitdem hat sie kein Wort mehr gesprochen, als: «Hätt' ich ein Kind! Hätt' ich ein Kind!» — Und sie lächelt still vor sich hin, als ob sie eines zu ihr kommen sähe. Sie trägt immer nur graue Kleider, keine schwarzen, weil ihr Kleiner sich vor der schwarzen Farbe gefürchtet hat. Sie denkt sich vielleicht, kein Kind würde mehr zu ihr mögen in den schwarzen Kleidern. Alle Welt nennt sie «die graue Frau». Die Grossmutter sagt aber, es ist, als strahle ein Licht von ihr aus, obwol sie wie ein Schatten ist — frühgealtert und verhärmt.

Vielleicht ist es die grosse Trauer, die aus ihrem ganzen Wesen singt: ich denke mir, sie ist wie eine Harfe, die von selbst tönt. Grossmama sagt, sie wird unser Kind abgöttisch lieben, es hüten wie ihren Augapfel — gerade weil es in dem Alter ihres verstorbenen Kleinen steht.. und diese neue Liebe könnte die Wunde ihrer Seele lindern... Die arme «graue Frau!» — Werden wir sie auch «graue Frau» nennen? —

LYSANDER, beklommen.

«Graue Frau!» Wie seltsam das nur ist!

AGLAIA.

Ich finde es nicht schön von den Leuten, dass sie sie so nennen. Sie sollten sie die «lichte Traurige» heissen oder gar die «tönende Harfe» — nicht wahr?

LYSANDER,
> wie unter einem starken Eindrucke
> — mehr vor sich hin und zu sich selbst.

«Graue Frau!» — Dieser Name berührt mich so! — — Als Kind schon überkam mich immer ein inneres Beben vor Grau — kein Schauder, keine Furcht.. nein.. sondern etwas, was ich nicht bestimmen kann: Süss-

Trauriges.. ein Gefühl wie Schmerz und Wonne zugleich — als ob alle Farben des Glückes in Grau begraben lägen und doch nur darin enthalten wären.. als ob der Traum vom Leben und vom Tode, ein Schlummer in allen unbewussten Freuden des Seins — ohne dass man daraus zu wirklichem Leben je erwachen könnte — in Grau zu finden wäre... (Wie erleuchtet.) Du sollst sehen!.. (Langsam und gedehnt, einer leise auftauchenden Erinnerung nachgehend.) jetzt erinnere ich mich: — eine alte Wahrsagerin, die man für verrückt hielt, hat mir einst — ich war noch ein ganz kleiner Knabe — mit weissen und schwarzen Bohnen geweissagt: «Von der grauen Gestalt kommt dir einmal alles Glück und alles Unheil.. von der grauen Gestalt kommt dir einmal all das Licht entgegen, und du wirst darin untergehen.» — Ja, so sagte sie. Ich glaube noch ihre heisere Stimme zu hören... Was sagst du dazu? Kannst du dir das nur vorstellen? — Und ich habe damals so gelacht, weil mir diese Prophezeiung überaus komisch vorgekommen war. Aber seitdem bekam ich doch das geheimnisvolle Grauen vor Grau. Vielleicht ist mir erst dadurch zum Bewusstsein gekommen, was schon früher in mir gewesen sein muss — sonst wäre es nicht auf einmal da! Es wäre gewiss nicht da, wenn es nicht kommen musste... (Ergriffen, mit vibrirender Stimme.) O ich fürchte mich davor und sehne mich darnach.. ein schrecklicher Rausch ist es in dem Unbekannten. Eine graue Wolke, das graue Meer — ich schliesse meine Augen, um nicht zu sehen, und möchte doch aufgehen darin... Wie ein heimlicher Schmerz, wie ein heimliches Bedauern schlummert dieser Farbenbegriff in mir: er braucht nur geweckt zu werden.. und da packt es mich wieder — — Weisst du noch, wie ich dich einmal so fest an mich gedrückt, dass du aufgeschrien hast, als du ein graues Kleid trugst, und ich dich dabei inständig bat?: «Zieh' das Kleid aus! Zieh' das Kleid aus!» — Ich weiss nicht, ich zittere vor dieser grauen Frau.. — es lockt, es lockt.. — ich werde sie nicht ertragen können...

AGLAIA, befremdet.

Aber Lysander! was ist dir? Wie kannst du nur so sprechen? — und dann sagst du, ich quäle mich mit Hirngespinnsten — — Die arme Witwe, die unser Kind so lieb haben wird wie ihr totes eigenes, die nie ein Wort spricht ausser jenen wenigen, welche ihr ganzes Sehnen nach dem verlorenen Glück wie auf flehenden Händen emporheben, deren Seele vor Trauer ertönt. Sie ist ja so unglücklich, dass sie verklärt erscheinen muss. Ihr Grau wird nur die Quelle sein des hellsten Lichtes. Und dann bin ich überzeugt, sie muss so schön sein und so gut! Ich denke mir, Unglück muss schöner machen und auch besser als Glück.. — ich fühle das an mir selbst: (Schäkernd.) ich bin ja so schlimm nur, weil ich so glücklich bin. — Ich muss jetzt gehen, schau'n, was mit unserem Dorus ist, ob er schon bei der Grossmama war. Sie müsste doch auch schon da sein, die graue Frau. (LYSANDER zuckt bei dieser Benennung zusammen.) — Lysander, ich bitte dich, sei gut mit ihr. Sie verdient deine Güte. Ich werde sie gleich mitbringen, sie und Dorus. Ich fühle ein neues Glück in mir aufkeimen, und das ist schöner als alles bisherige, weil ich es nicht für mich behalte, sondern von mir gebe. Ist es nicht so? — O du! — du! — —

    Sie küsst ihn auf den Mund mit leuchtenden Augen und enteilt durch die Tür links im Hintergrunde.

ZWEITE SCENE.

LYSANDER ist in der Mitte des Zimmers stehen geblieben mit dem Rücken gegen den Park, die Blicke auf die Tür geheftet, durch welche AGLAIA verschwunden. Er befindet sich in einer ihm selbst unerklärlichen Aufregung, als wolle er sich vor einem unbestimmten Gedanken, vor etwas Nahendem retten. In seinem Gesichte drückt sich Angst, aber auch hoffende Erwartung aus: etwas ganz Wunderbares fühlt er kommen. Seine Augen sind geschlossen und sein Mund halb geöffnet. Seine Brust wogt. Die eine Hand erhebt sich mit einer wie unwillkürlich abwehrenden Geberde hinter seinen Rücken, und seine ganze Stellung ist, als ob er AGLAIEN nacheilen wollte, aber von einer unsichtbaren Kraft zurückgezogen würde. — Die ganze Bewegung muss mehr innerlich sein und darf nicht in jähen Gesten sich äussern, trotzdem aber für den Zuschauer ersichtlich sein.

DRITTE SCENE.

Durch die Parktür tritt lautlos, wie ein Schatten die GRAUE FRAU ein. Sie trägt ein langes, in weichen Falten fallendes, aschgraues Tuchkleid und einen ebensolchen Überwurf, der an ihrem Körper schwer herabhängt. Ihr Haar ist graublond und schlicht gescheitelt. Die Augen liegen sehr tief und scheinen grösser als sie sind, infolge der breiten Schattenringe, die sie umrändern. Ihre Gestalt hebt sich cypressenschlank — wie eine Wellenlinie — in unbestimmten Umrissen von der lichten Öffnung der Glastür ab. Durch das Fenster über dem Meere fällt das Mondlicht bis zu der Stelle, wo sie steht. Der breite Strom des Lichtes umflutet sie, an ihrer Gestalt gleitend, ohne sie selbst zu beleuchten. Sie bleibt im Lichte wie ein selbstschattender Schattenfleck, woraus nur ihr bleiches Gesicht schimmert. LYSANDER wendet sich, ohne sie zu hören, jäh nach ihr um; er steht im vollen Lichte unbeweglich und erwartet ihre Stimme. — Die GRAUE FRAU spricht mit einer tiefen weichen Stimme, wie das leise Rieseln einer Quelle, erstickt unter einer dichten Schichte welken Laubes. In dieser Stimme liegt mehr, als die Worte zu sagen vermögen .. sie muss wie Musik und Licht zugleich wirken, und die Worte, die sie verlauten lässt, sind nur die Schlüssel, die unversiegbare Schleusen öffnen.

DIE GRAUE FRAU.
Ihre Blicke sind verschleiert, und sie starrt gleichsam in sich hinein.

Ich bin allein hereingekommen.. — man sagte mir, die Dame wäre hier — — Ich bin gekommen für das Kind.. (Mit grosser Anstrengung das Wort «Kind» über die Lippen bringend.) Ich bin gekommen wegen des Kindes...

LYSANDER
blickt ihr unverwandt in die Augen und spricht mechanisch, wie geistesabwesend.

Sie sind gekommen wegen des Kindes.. Sie sind von weit her gekommen? —

DIE GRAUE FRAU.

Ja, mein Herr!..von sehr ferne! — Es war zu finster dort, wo ich war. Hier ist es licht und schön... Ich weiss nicht, ob ich es glauben soll, dass ich da bin.. es haftet noch zu viel Dunkel an mir.. noch zu viel Dunkel an mir... Ich bin wie ein schwarzer Schattenfleck — — Man nennt mich die «graue Frau».. — man weiss, dass meine Schatten nie verfliegen werden.. nie verfliegen werden...

LYSANDER.

Sehen Sie nicht, wie das Mondlicht Sie umflutet?

DIE GRAUE FRAU,
> wehmütig lächelnd, mit schmerzlicher Gewissheit im Tone.

Aber es wagt sich nicht an mich heran... O, mein Herr, es gibt Finsternisse, an denen alle Lichtstrahlen zerfliessen, die alles Licht aufsaugen und nie wieder zurückgeben —
(Ihre Augen beginnen wie von innen heraus zu leuchten.)

LYSANDER,
> stark impressionirt — immer mehr und mehr wie durch einen wunderbaren Anblick hingerissen.

..Ich weiss, ich weiss — (Deutet auf einen Sessel, sie zum Niederlassen einladend.).. ich kenne Ihr Unglück. Es ist so gross, dass es schon jenseits des Unglückes steht.. und so dunkel, dass es selbst Strahlen wirft (Nach einigem Zögern.) — wie noch keine Sonne sie ausgestrahlt hat. (Er sucht nach einem freundlichen Worte.) Ihre Seele muss ganz licht davon sein.. (Nach dem Mondlicht weisend.) lichter noch wie dieser Lichtstrom hier...

> Wie im Banne einer Vision — obwol sich den Anschein gebend, nur einige warme Worte an die graue Frau richten zu wollen.

Ich sehe Ihr Licht und bin geblendet davon. Das Licht, das bisher in mir und um mich geherrscht hat, ist gegen dieses Licht nur taubes Dunkel — —

> Er geht einige Schritte sehr bewegt auf und ab und dann ihr entgegen, die Hände nach ihr ausstreckend.

Kommen Sie, sehen Sie dort das Meer? Wie es Sie beneiden muss! Seine Oberfläche ist versilbert, aber welches Dunkel stöhnt in seinen Tiefen! Wären diese Tiefen so selbstleuchtend wie die Ihrigen! Was wäre dann? — Ich kann es nicht fassen, was dann wäre.. ich könnte es auch nicht sagen, wenn ich es wüsste.. ich habe nur ein Gefühl von etwas Unaussprechlichem, das meine Brust erfüllt: so viel liegt darin — so viel Seligkeit, solch unendlicher Schmerz, dass ich empfinde, wie mein Inneres vergeht oder neu aufblüht... Und das kommt alles von Ihnen! (Immer bewegter.) Sie sind gekommen, um uns dieses Licht zu bringen, und Sie sagen, Sie kommen, um hier das Licht zu finden? (Wie verzagt vor sich niederblickend.) — Sie sind es, die wir bisher so schwer vermissten... Fühlen Sie denn nicht, dass dieses Haus, seitdem es erbaut ist, nur Sie erwartet hat.. dass ich nur für diesen Augenblick, den ich jetzt erlebe, gelebt habe? — —

> Er ist in steigender Erregung ihr nähergetreten und bleibt vor ihr stehen, mit seinem Körper das Mondlicht verdeckend.

DIE GRAUE FRAU, mit leiser, scheuer Stimme.

O mein Herr, Sie sind so gütig! Ihre Worte sind wie warme Sonne: ich sehe, dass es lichter wird um mich.. ich fühle kommen, wonach ich mich so lange gesehnt... Ihr Kind soll mir das alles bringen? Ihr Kind ist es, das ich mir durch unsägliche Leiden gewonnen? (Mit vor sich ausgestreckten Händen, den Kopf zurückgebeugt — laut.) O, ich danke Ihnen! (Mit innigem Ausdruck, das Gesicht wie verklärt.) — ich danke Ihnen! — — Ist es möglich? (Mühsam.) — soll mein Leid mir das bringen?.. kann es mir eine solche Quelle werden?...

> Sie sinkt wie ermüdet in einen Sessel und stützt sich mit der einen Hand auf den Tisch. — LYSANDER steht vor ihr, bleich, die Augen starr auf sie gerichtet, mit durch inneren Kampf aufs äusserste gespanntem Gesichtsausdruck.

VIERTE SCENE.

Die Tür links geht auf, und

AGLAIA

tritt herein. — Man hört noch, bevor sie eintritt, ihre Stimme zurücksprechen.

Bringen Sie den Kleinen zur Grossmama, gute Nacht sagen, und dann zu uns herein.

Im Vergleiche zu jener der GRAUEN FRAU klingt AGLAIENS Stimme wie Vogelsang in der Morgenröte. Beim Hereintreten.

Was, noch kein Licht da?

Sich zurückbeugend und hinausrufend.

Andreas, kommen Sie, die Lichter anzünden!

Zu LYSANDER.

Bist du allein, Lysander? — Grossmama sagte mir, die «graue Frau» wäre schon bei ihr gewesen und sie hätte sie soeben hergeschickt. War sie noch nicht da?

LYSANDER rührt sich nicht, während die GRAUE FRAU sich langsam vom Sessel erhebt. Das Mondlicht fällt auf sie, und ihre Gestalt wird plötzlich sichtbar. AGLAIA stösst bei ihrem Anblick einen leisen Schrei aus. — Inzwischen kommt der Diener herein und zündet die in einem

Winkel befindliche Stehlampe mit grünseidenem Spitzenschirm an. Er geht wieder sachte aus dem Zimmer, indem er mit halb neugierigen, halb misstrauischen Blicken die GRAUE FRAU mustert. — LYSANDER wendet sich flüchtig nach AGLAIEN um und verharrt dann, das Antlitz wieder gegen die GRAUE FRAU gekehrt, den Arm auf einen Sessel aufgestützt, in seiner früheren Stellung.

DIE GRAUE FRAU, leise.

Madame, ich habe Sie erschreckt? —

AGLAIA bleibt einige Sekunden stumm — ohne eine Antwort zu finden.

Wollen Sie gütigst entschuldigen.. — wie sollte ich auch nicht! —

AGLAIA,

mit leicht bebender Stimme, schwach lächelnd.

Es war so dunkel im Zimmer — und ich hatte Sie nicht gesehen...

DIE GRAUE FRAU, kaum hörbar.

Ich war wohl der dunkelste Punkt darin — — Ihre Frau Grossmutter wird es Ihnen gesagt haben.. man nennt mich «die graue Frau» —

AGLAIA sucht einen unbefangenen Ton anzuschlagen.

Ich weiss — Sie werden auch gehört haben, dass ich Sie soeben selbst so nannte. *(Freundlich, auf einen Lehnstuhl weisend.)* Aber wollen Sie nicht Platz nehmen? — Ich weiss keinen anderen Namen von Ihnen, aber ich sagte vorhin schon zu meinem Manne, ich möchte Ihnen einen anderen geben, der für Sie viel passender wäre...

Sie lässt sich in einen Schaukelstuhl nieder. — Zwischen ihr und der GRAUEN FRAU, die trotz der Aufforderung, sich zu setzen, noch immer, das Gesicht der Bühne zugewendet, aufrecht steht, befindet sich der Tisch. Rechts, auf die Lehne eines Sessels sich stützend, den Rücken gegen das Meerfenster, LYSANDER. Das durch das Fenster hereinströmende Mondlicht und das Lampenlicht unter dem grünen Spitzenschirm fliessen einander entgegen und ineinander, gerade hinter den Gestalten LYSANDERS und der GRAUEN FRAU. AGLAIA befindet sich in einer verhältnismässig dunklen Region, aber ihr weisses Kleid leuchtet hell hervor, fast heller als das Mondlicht. Ihre Stimme ist wärmer geworden und ruhiger. Das Mitleid mit der unglücklichen Frau tritt wie ein Sonnenstrahl hinter einer Wolke an die Oberfläche. — Leicht plaudernd.

Grossmama hat mir so viel von Ihnen erzählt. Sie ist Ihnen so gut: — o, das ist ein

Beweis, dass Sie ein Engel sind. Sie sagt, Sie seien eine Märtyrerin. Sie ist ganz erfüllt von dem Gedanken, Ihnen helfen zu können, eine warme Hand auf Ihr Herz zu legen. Sie hat mir vorhin gesagt: «Dieses kleine Patschhändchen», indem sie das Händchen meines Kleinen emporhielt, «wird Wunder wirken: — ein Herz, das zu Eis erstarrt ist, wird es wieder warm machen..» Und sie ist so glücklich darüber — sie meint: «Unser Lebenszweck ist, wenigstens einen jener Schatten, die auf die Seele ihre Finsternis werfen, auszulöschen und an dessen Stelle ein Stück blauen Himmels leuchten zu lassen.» (Treuherzig.) — Ich selbst bin sehr froh, dass Sie zu uns kommen. Als mir die Grossmutter Ihre Geschichte erzählte, habe ich bis in das Herz hinein schaudern müssen. Ich habe noch nie in meinem Leben etwas Derartiges gefühlt — — Seitdem habe ich vor jedem Schatten gezittert.. — ich versichere Sie, oft graut mir selbst vor dem Schalle der Stimme meines Kindes.. ohne Ursache breche ich in Tränen aus. (Lächelnd.) Mein Mann kann es Ihnen bezeugen. (Mit noch wärmerem Ton.) — O gewiss, Sie müssen zu uns kommen und bei uns glücklich werden, damit es keine solche

Pein mehr auf Erden gebe wie die Ihrige.
Sie dürfen nicht so leiden. Der Himmel
darf das unter sich nicht dulden; wir junge
Menschen müssten ja unter dem blossen
Gedanken daran zusammenbrechen —

<small>Pause — während welcher AGLAIA
zur GRAUEN FRAU teilnahmsvoll und be-
wundernd aufblickt.</small>

..Wie sind Sie so gross! Wie tragen Sie
diese Last allein? — — Erzählen Sie uns
doch einmal, wie sich das Schreckliche
zugetragen hat... Wenn mich etwas be-
drückt, muss ich es auch gleich sagen..
ich kann es nicht in mir ertragen — und
das ist gewiss nichts Schweres; oft muss
ich lange darüber nachdenken, was es
überhaupt war, und bin am meisten deshalb
traurig, weil ich es nicht finden kann: so
gross war mein Unglück! —

<small>Mit einem kleinen halb spöttischen,
halb traurigen Lächeln, das sie gleichsam
wieder verschluckt.</small>

Mein Mann sagt mir, ich bin wie ein
kleiner Vogel, der wegen eines welken
Blattes das Köpfchen unter die Flügel
steckt und nicht mehr singt... Aber es gibt
auch Nachtigallen, nicht wahr? O, bei
diesen ist es nicht so einfach. (In einem

weichen, fragend traurigen Ton.) Sie sind gewiss eine Nachtigall? — — Sie müssen uns auch Ihr Leid vorsingen.. dann wird Ihnen woler sein, und Sie werden vielleicht etwas davon vergessen.. etwas davon vergessen...

DIE GRAUE FRAU,
> mit leiser und tiefer, monotoner Stimme — sehr langsam.

Ich kann nicht singen, aber ich kann sagen, was auf meinen Lippen schwebt.. ich kann sagen, was in meinen Augen zittert, was in meinem Blut brennt — in allem meinen Blut unaufhörlich pulsiert... Ich sehe mein Leben... Ich erlebe meine Blicke... (Hastig, wie nach Atem ringend.) Ich lebe nur von dem Einen.. in dem einen Bilde... (Wieder leise und langsam, wie vorhin.) Wie wenn ich atme ist es, wenn ich sage, was mich erfüllt, was mein Leben ausmacht. (Mit schmerzlichem Lächeln.) — Und ich sollte vergessen! (Immer langsamer und leiser, mit müde eintöniger Stimme.) Das wäre ja meinem Leben sterben. Aber wenn ich untersinke darin, fühle ich erst, dass ich bin — — Sie nennen es mein Unglück.. anfangs glaubte ich auch, dass es so hiesse —; aber dieses Wort kann es nicht ausdrücken: (Plötzlich aufkreischend.) zu armselig, zu karg ist es dafür... Was ich in mir habe ist nicht ein Ding allein, das nicht ein anderes ist, sondern alles, was ist und was war. (Wie erschöpft mit verlöschender Stimme.) Alle Worte zusammen sind zu wenig für dieses Eine — für dessen blossen Namen... (Wieder ruhig und resignirt — gleichsam predigend.) Es kann nicht etwas sein, was nicht sein sollte... Es muss nichts Furchtbares, nichts Abschreckendes an sich haben... Es scheint nichts Erdrückendes und Quälendes in sich zu schliessen... Wie könnte sonst der Himmel einem einzelnen Menschen das aufladen?.. auf mich schwaches Weib es wälzen?... Es muss das Wesen der Natur ausmachen, das Wesen des Himmels und der Erde, sonst dürfte es nicht da sein (Wieder in steigendem Affekte.) — sonst würde es nicht kommen, ohne dass die Welt unterginge!...

> Sie erscheint während ihres Sprechens durch das mit übermenschlicher Kraft verinnerlichte Leiden wie verklärt. — AGLAIA schaut auf sie mit grossen Augen, sprachlos vor Staunen. LYSANDER hängt ekstatisch an ihren Lippen: — wie in eine lichte Ferne blickend und einer anderen, unhörbaren Stimme lauschend, die andere Worte, süsser als die lieblichsten Lieder verlauten lassen würde — so steht

er da, regungslos, die Arme schlaff herabhängend, Hals und Kopf nach vorne gebeugt, und ein leises Beben geht über seinen Körper. — Die Lampe unter dem grünen Spitzenschirme flackert auf. Vom Parke weht ein leichter Windstoss herein, der die Bäume rauschen macht. Durch das offene Fenster über dem Meere hört man das leise Anschlagen der Wellen bei den Klippen.

DIE GRAUE FRAU,

mit lichtlos starrenden Augen, wie im Banne einer inneren Vision. — Sie spricht anfangs wieder sehr langsam, mit hohler, wie metallisch tönender, klagender Stimme, dann in stetig wachsender Erregung, stossweise und mit mühsamer Hast die Sätze hervorbringend.

Warum hat eine Mutter ihr Kind geboren, aus ihren tiefsten Tiefen heraus, wenn sie es wieder zurückwerfen soll in das Dunkel, woher es gekommen? Warum hat sie eine Kindesseele unter all den Fluten des Schlummers hervorgezerrt.. sie erweckt aus ihren Träumen, um sie zu erwürgen? (Sie hebt die Hände mit gespreizten, krampfhaft fliegenden Fingern an ihre Schläfen.) Sie selbst — die Mutter... Ich selbst!... Ich selbst ein kleines Kind ermorden! — mein eigenes Kind! (Plötzlich gleichgiltig, fast kalt.) — Wie sollte ich da weinen?.. — man weint ja, wenn Einem sein Kind gestorben ist, wenn man sein Liebstes verloren hat, nicht — (Mit heftiger Geberde des Abscheus — laut, herausfordernd.) wenn man selber Etwas von sich wirft — (Verzweifelt aufstöhnend.).. Es war ja da mein Kind, es war ja da — irgendwo — auch bevor es gekommen war.. — sonst würde es nicht kommen können... Und jetzt? — für immer — — — (Sie ringt die Hände. — Leise mit bebend anschwellender Stimme.) Warum ist es nur gekommen, wenn es wieder gehen musste? Ein Wesen war es für sich, ein ganz bestimmtes Wesen, mit seinen eigenen Augen, seinen rosigen Händchen und Füsschen, seiner eigenen Stimme, seinem eigenen Willen, mit eigenem Leben.. mit so viel Leben schon hinter sich, o so viel!.. —, ich sah's an jedem seiner Blicke, hört' es aus jedem seiner Laute: oft schaute es zurück in jene Tiefe.. seine Stimme kam von unsäglichen Fernen... Wo? — wo war es nur, bevor es gekommen? Mir fremd die ganze lange Zeit, bis es kommen sollte? — mir, seiner Mutter? (Schlägt eine kurze schrille Lache auf, schrecklicher, denn ein Stöhnen.) Ach nein! Das kann ja nicht sein. Es war ich selbst.. und jetzt bin ich nicht mehr hier.. jetzt bin ich mir abhanden gekommen — — Wie kann ich weinen? — wenn ich nicht mehr bin... (Mit düsterem Ernst und Strenge in der Stimme — das Gesicht wie versteinert.) Ich habe verwirkt zu sein! Mutter war ich — nur Mutter — und bin es nicht mehr! (Mit höhnischem Grinsen.) Bin ich eine Mutter? — Wo ist mein Kind? Wer hat es gemordet?... Wer hat es gemordet?...

Kurze Pause. — Wieder ruhig, wie einen Urteilsspruch verkündend.

Ich bin nicht mehr... Ich habe mich nicht mehr, nachdem ich mich vernichtete...

In fieberhafte Angst ausbrechend, die Sätze abgerissen hervorstossend, gleichsam in Atemnot.

Ich bin nicht mehr ich.. ich bin nicht mehr ich selbst... Ich bin dort, dort — wo es jetzt ist.. und wo es früher war.. nur «die graue Frau» ist zurückgeblieben... Nur mein Schatten bin ich.. der schuldbeladene.. das ewig wache Gespenst meiner Schuld... Ich bin nur mehr diese beiden Arme, (Dieselben wie tote Holzklötze vor sich streckend.) die es umschlungen hielten — über dem Abgrund.. die bei dem Gedanken, dass sie sich öffnen könnten, zu Eis wurden.. zu totem Eisen wurden.. die sich krampfhaft schliessen wollten.. um es nicht zu tun, um es ja nicht zu tun.. dem lechzenden Abgrund seine Beute zu entreissen — die sich schliessen wollten.. wollten.. und sich öffneten.. sich öff—ne—ten...

> Sie schrickt convulsivisch zusammen. — Dann wie verloren — untersinkend in die Fluten des Schmerzes.

— — — Nur mehr diese beiden Augen bin ich,
> Sie führt ihre beiden Hände mit leicht gerundeten Fingern, wie um ihre Augäpfel zu ergreifen, an die Augen — spricht immer hastiger und abgerissener.

die das alles gesehen haben, die sich ruhig in ihren Höhlen gedreht haben.. ohne zu erlöschen.. — ohne auch herauszufallen... (Hält wie erschöpft inne und fährt dann fort mit kalter Grausamkeit.) Ruhig sind sie dageblieben und haben hinausgeblickt auf diese Arme, die sich öffneten.. auf das blonde Haupt, das sich umbog und verschwand.. (Mit zitternder Stimme.) — alle seine kleinen Gedanken hat es mitgenommen.. alle seine ungesagten Geheimnisse hat es zurückgenommen, seine Erinnerungen, die geschlummert hatten und kaum erwacht waren, seine Lächeln, die lautlos huschenden, wie weisse kleine Falter.. alle seine Blicke — die fragenden Blicke, die bebten vor dem, was kommen sollte, vor all dem drohenden Leben.. Leben? — — (Aufschreiend.) Zerstoben in tausend Nichts! Wieder ungeschehen! Zu Ende — — Nie! — nie wieder!... — Und sie haben ihm nachgeblickt.. ruhig aus ihren Höhlen.. wie einem fremden Dinge.. bis in die Tiefe.. in die grosse schwarze Tiefe.. in das stumme Abgrundgähnen.. in das rote Sonnenflimmern.. — ohne sich vom Fleck zu rühren.. neugierig ihm nachgeschaut bis in die Tiefe.. nachgeschaut..

> In höchstem Affekt, den Kopf tief in den Brustkorb hineinziehend, mit geschlossenen Zähnen.

nachgeschaut! — in—die—Tie—fe — — —

> Sie gleitet langsam, wie von der Tiefe hinabgezogen, zu Boden. LYSANDER verharrt unbeweglich in seiner Stellung. AGLAIA hat den Kopf zurückgelehnt und ist leichenblass. Dann erwacht LYSANDER wie aus einer Erstarrung, sieht sich um und erblickt die GRAUE FRAU als unförmlichen Haufen auf dem Boden; aber er denkt nicht daran, dass er sie aufheben muss... Sie steht von selbst auf, sich auf Tisch und Stühlen stützend, ohne einen Laut von sich zu geben, und nimmt wieder ihre frühere Stellung ein. Ihre Haltung drückt endlose Müdigkeit aus, so dass man jeden Augenblick befürchten muss, sie zusammenstürzen zu

sehen; aber es ist, als zerrte die ewig
wache Trauer ihren Körper jedesmal wie
mit einem Ruck wieder empor.

LYSANDER,
sich plötzlich besinnend, ausser sich
vor Mitleid und wie von physischem
Schmerze gepeinigt.

Aglaia! — Aglaia! Sieh' sie doch an! (Er beugt sich über AGLAIA und drückt sie stürmisch in die Arme.) Aglaia, nimm sie zu dir, an dein Herz, sage ihr etwas. Ich weiss nicht, was ich ihr sagen soll, ich weiss nicht, wie mir selbst ist: — eine kalte Hand fühle ich um meinen Hals, dass ich den Atem verliere... (Flehend.) Aglaia, lege deine Arme um meinen Hals!...

AGLAIA, wie aus einem Traum erwachend.

Warum hast du mich geküsst, Lysander? Warum hast du mich jetzt geküsst? — —

Pause. — Dann mit schwacher Stimme.

Ich weiss nicht.. woher ich komme... Mir scheint, ich war ganz ferne.. ich war erwacht irgendwo sehr ferne und sehr tief... Weisst du?.. — es ist nicht das, was wir hörten.. es ist etwas Anderes, was wir noch nicht gehört haben und noch nicht gesehen.. etwas noch viel Schrecklicheres — so furchtbar, dass es süss und licht war... (Von Rührung überwältigt, wie erstickt.) O Dorus, mein Kind! (Mit hauchender Stimme, noch in den Armen LYSANDERS.) Mein Sonnenschein!....

> Sie erhebt sich vom Sessel und entwindet sich sanft der Umarmung. — Leise, von heimlichem Jauchzen durchzittert.

Mein Sonnenschein — — —!

> Mit müden leisen Schritten, einen aufgehenden lichten Schimmer von Hoffnung auf dem Gesichte, geht sie durch die Tür, durch die sie hereingekommen war, wieder ab.

FÜNFTE SCENE.

LYSANDER macht einige Schritte gegen die GRAUE FRAU, als wolle er zu ihr sprechen, doch vermag er es nicht. Wieder weht ein Windstoss durch die Parktür; man hört das leise Rauschen der grossen Bäume und der Wellen, die an den Klippen brechen. Die GRAUE FRAU steht wie zu Anfang, unbeweglich da, mit verschleierten, nach innen schauenden Augen, in müder Trauer und weicher Hingebung. — Lange Pause: lautlose Stille.

SECHSTE SCENE.

Man hört die Stimme des Kindes, und AGLAIA tritt mit ihm auf dem Arme herein. Ihre ganze Erscheinung, die Art, wie sie das Kind in den Armen hält, das, was ihre Körperlinien ausdrücken, lassen an eine still jubelnde Madonna der

Primitiven denken: gleichsam von innen heraus ist sie durchleuchtet von den Gefühlen der Zärtlichkeit, des Mutterstolzes und der Opferfreude, die sie erfüllen. Mit den Blicken sucht sie die GRAUE FRAU. Schwebenden und gleichzeitig feierlichen Schrittes geht sie auf dieselbe zu, als brächte sie ihr das Leben in ihren Armen.

>AGLAIA,
>> mit einer lichten Stimme wie Glockenklang, der das Herannahen des Glückes verkünden würde.

Hier bringe ich Ihnen meinen Sonnenschein: Dorus, mein Kind. Es ist ein Himmelsgeschenk — mein Himmelsgeschenk; es soll auch das Ihre werden... Es ist das Sonnenlicht, das der Himmel über die Erde ergiesst, damit sie die ewige Last seiner Kuppel ertrage: (Mit Nachdruck.) beleuchten soll es das Dunkel der Erdentiefe.. trösten soll es die Erde dafür, dass sie in der Tiefe liegt.. sie glauben machen, dass sie nur dazu da sei, um das Licht zu tragen, um es fluten zu lassen zwischen sich und dem Himmel... Ich gebe Ihnen meinen Sonnenschein..

>> Tränen klingen in ihre Stimme, wie Regentropfen, die auf eine Glasglocke schlagen.

— wir wollen ihn gemeinsam besitzen. Mir hat ihn der Himmel geschenkt, wie er es einer Wiese tut, weil sie ohne diesen nicht leben kann. Aber es gibt Klüfte, die ewig nach seinem Strahle stöhnen, und sie leben dennoch — sie leben nur, um nach dem Strahle zu stöhnen... (Innig, mit schwachem, kindlichem Lächeln.) Die Wiese will mit der Kluft teilen, damit sie aufhöre zu stöhnen — —

> Sie nimmt ihr Kind und hält es der GRAUEN FRAU, vor innerer Bewegung zitternd, wie ein goldenes Opfer hin.

Hier haben Sie mein Kind. Ihr totes Kind ist wieder zurückgekommen.. mit seinen Händchen wird es Ihnen Ihr Herz erwärmen... Sie dürfen es in Ihren Armen halten.. Sie dürfen es mit Ihren Augen anblicken... Sie sollen Ihren Armen und Ihren Augen nichts mehr vorzuwerfen haben; die haben ja nichts verbrochen: es war nur ein finsterer Traum. Nun ist Licht gekommen, und es ist vorüber.. Alles ist vorüber — —

> Die GRAUE FRAU ist, seitdem das Kind hereingebracht worden, wie in den Anblick eines lichten Sternes, der immer näher und näher gekommen, versunken. Ihre Augen öffnen sich bei den Worten AGLAIENS, wie Kelche übernatürlicher Blumen, immer mehr und mehr. Es ist, als hätten sie sich über ihr ganzes Antlitz ent-

faltet, und als strahle dieses einen Duft aus, der sich in Lichtwellen ergiessen würde ... Den Kopf tief in den Nacken zurückgebeugt, die Hände weit ausgestreckt mit krampfhaft gekrümmten Fingern, als wolle sie irgend Etwas wieder aus der Tiefe heraufziehen, fällt sie bei den letzten Worten AGLAIENS, die ganz nahe zu ihr getreten ist, auf die Knie. Ihr Haar, das zu einem Knoten aufgerafft war, hat sich beim Zurückwerfen ihres Kopfes gelöst und fliesst in langen aschblonden Strähnen über ihre Schultern und ihren Rücken. — Als AGLAIA ihr das Kind in die Arme gibt und sein Lockenköpfchen ihr Antlitz berührt, entwindet sich ihrer Brust, gleichsam von Fesseln gelöst, ein gedehnter melodischer Seufzer, wie ein langgezogener Geigenstrich durch alle Stufen der Töne aus der Tiefe in die Höhe. Eine Weile gibt sie keinen weiteren Laut von sich. Dann bricht sie in hysterisches Schluchzen aus. Ihre Hände umspannen und betasten in fieberhafter Hast das Köpfchen und alle Glieder des Kindes ... LYSANDER ist tief erschüttert, fast noch mehr als früher, da sie von der Wucht der Erinnerung und des Schmerzes zu Boden gedrückt worden war. Ein Impuls, ihr das Tragen der Freude ebenso wie früher die Last des Leides zu erleichtern, macht sich bei ihm geltend — als wolle er auf sie stürzen und sie samt ihrer seelischen Bürde an seine Brust heben ... AGLAIA steht aufrecht vor der knieenden Frau wie die lichte

> Gestalt eines Engels, der die heiligste Botschaft verkündet hätte: gleichzeitig drückt aber ihre Haltung die weiche Ohnmacht desjenigen aus, der sein Innerstes vergab.

Die graue Frau

> erhebt sich langsam, mit dem Kinde auf dem Arme. Als hielte sie ein Scepter in der Hand, macht sie einige gemessene Schritte unwillkürlich gegen das Mondlicht hin, dem Kinde in steigender Verzückung in das Antlitz blickend. — Selig stammelnd und lallend, mit einer Stimme wie leises Vogelgezwitscher.

Du bist es? — Wo warst du denn so lange? Wo hattest du dich versteckt vor meinen Augen? Warum hast du sie so gestraft? Warum bist du meinen Armen entflohen wegen eines kurzen Augenblickes der Schwäche? — Warum hast du mir das angetan? — Wusstest du nicht, dass meine Augen nur für dich leuchten, dass meine Hände nur nach dir beben?...

> Das Kind, das sie hoch in den ausgestreckten Armen hält, schaut auf sie mit staunenden Blicken.

Wer hat dir so lange Zeit deinen Blumenmund wach geküsst? Wer hat dir so lange Zeit deine Augensterne in Schlummer geküsst? Wer hat das Mondlicht deiner Haare getrunken? Wer hat dir so lange Zeit Geschichten erzählt vom Mond und von den Sternen? — Nicht wahr, du hast sie alle vergessen?.. alle vergessen? — Ja?

> Sie ist, wie unwillkürlich, bei jedem Worte dem Fenster über dem Meere näher gekommen, als zögen zwei unsichtbar von aussen hereinragende Hände sie dorthin.

Ach nein! Du darfst sie nicht vergessen. (Das Kind blickt sie immer mit grossen Augen an.) Hörst du? Hörst du mich, mein Herz? — Sage: «Ja, Mama.» — Solche lichte Geschichten darf man nicht vergessen. Du hast sie gewiss nicht mehr gehört in dem Dunkel, wo du seither warst! Komm', ich will sie dir wieder erzählen.. wieder von der ersten bis zur letzten... Das wird eine Freude sein!

> Sie nähert sich dem Fenster mit leisen, fast widerwilligen Schritten, wie unter einem äusseren Zwange.

..Siehst du? Siehst du? Der Mond und die Sterne sind schon alle da.. sie haben auf dich gewartet. Du bist so lange ausgeblieben! Nun ist der Mond inzwischen müde geworden und hat sich auf das Meer gelegt, um ein bischen zu schlafen.. er hat sich gedacht, bis es wieder da ist, das Bubi, werde ich schon lange auf sein; — aber die Sterne, die wollten die Augen nicht schliessen —

> Sie ist schon ganz nahe am Fenster und bleibt an der Brüstung mit dem Kinde stehen, das seine Arme um ihren Hals gelegt hat. Sie nimmt seine Händchen in die Rechte und wendet es mit dem Antlitz nach dem Meere.

..die Sterne meinten, das Goldköpfchen könnte am Ende kommen, und wir würden es nicht sehen.. — und immer fallen ihnen die Lider vor Schlaf zu, aber sie öffnen sie gleich wieder, um zu schauen, ob du nicht schon da bist — —

> Ihre Stimme verhallt nach aussen. Von Zeit zu Zeit wehen mit einem Windstosse das leise Rauschen der Wellen und einige ihrer Worte herein.

..Und da hat der Mond seine silbernen Haare aufgelöst...

> Kurz darauf.

— weisst du, die sind so lang, dass sie sich über alle Meere ergiessen.. über alle Meere...

> Und dann wieder, nach einer Weile.

..und da sagte die Meerestiefe: «Komm' doch auch zu mir!...»

Und wieder, nach längerer Intervalle.

..da sagten die Sterne: «Lieber Mond, geh' doch nicht so schnell, wir können dir ja nicht nachkommen.. unsere Augen sind voller Tränen, und da sehen wir den Weg nicht recht.. nein, wir sehen ihn nicht — —»

LYSANDER und AGLAIA folgen allen ihren Bewegungen. LYSANDER trinkt mit allen Fasern seines Wesens das Licht des Glückes, das ihrer Stimme und den Wellen ihrer Linien entströmt. AGLAIA ist regungslos, wie erdrückt unter dunklen Wassermassen. Sie sieht nichts vor sich als den lichten Kopf ihres Kindes in der Ferne. In dem Masse, als die GRAUE FRAU sich dem Fenster nähert, hebt sie unwillkürlich den einen Arm und hält ihn in der Luft empor wie nach etwas Fernem, das sich immer weiter entfernen möchte. — LYSANDER nähert sich AGLAIEN, die Blicke noch immer unverwandt auf die GRAUE FRAU geheftet; er legt seinen Arm um AGLAIENS Nacken, drückt sie an sich, presst seine Lippen an ihren Mund, sie aus ihrer Erstarrung erweckend: er hört nicht auf, sie zu küssen, sie mit Küssen zu bedecken, jäh, wild, fiebernd, als wollte er sie austrinken, schluckweise, wie die Hummel den Honig saugt und immer wieder einsetzt.. seine Hände sinken in ihren weichen Körper ein, suchen darin unterzutauchen, wie um ihre Flammen zu löschen.

AGLAIA,
> bei jeder seiner Berührungen empor zuckend, in abgebrochenen Sätzen, wie atemlos.

Lysander, was hast du?... Warum leuchten deine Augen so?.. so schrecklich? — Was regt sich hinter deiner Stirne?... (Hastig, in einem Atem.) Das ist nicht für mich! (Kreischend.) Nein! nein! nein! nein!... Warum küssest du mich so? Du hast mich noch nie so geküsst. (Aufschreiend.) Du tust mir weh! — Deine Küsse brennen auf meinem Munde.. als wären sie nicht die deinen, als seien sie nicht mir bestimmt... Deine Hände zerwühlen mein Herz.. sie töten es! — Lysander, wer bist du?! — — —

LYSANDER, selig — der Wirklichkeit entrückt.

Hörst du ihre Stimme? — Was sind das für Laute?.. von welchen Himmeln fallen sie?.. welchen Nächten sind sie enttaucht?.. aus welchen Tiefen quellen sie empor?.. Tautropfen, die in Blütenkelche klingen.. Quellen, die aus dem Boden aufsickern und unsichtbar die jungen Wiesen durchlallen.. leises Zwitschern träumender Vögel!... (Ein kalter Windstoss geht durch das Zimmer.)

AGLAIA, erschauernd, Furcht in der Miene.

Was rauschen die Bäume so und die Wellen? Warum sind die Fenster noch offen zu dieser Stunde? — Das Mondlicht blendet mich... Die Lampe flackert sich zu Tode!.. die Lampe —

LYSANDER,
ohne auf ihre Worte zu achten, fieberhaft, wie geblendet.

Sieh'! Sieh' sie doch an, wie sie aufblüht, wie sie glüht, wie das Glück in Lichtwellen an ihrem Körper herabfliesst.. niederrieselt... Siehst du den Schein um ihren Kopf?.. siehst du, wie er sich auf das Mondlicht legt und es verdunkelt?...

AGLAIA,
plötzlich in unsäglichem Entsetzen aufschreiend — gleichsam eine Gefahr erst jetzt gewahr werdend.

Mit dem Kinde steht sie am Fenster! — (Mit zuckender Stimme.) Mit meinem Kinde! — Mit meinem Sonnenschein, den ich ihr gegeben habe!... (Sie macht eine Bewegung, als ob sie hinstürzen wollte.)

LYSANDER,
seinen Gedanken verfolgend, die Blicke gebannt nach dem Fenster.

..Ein Lichtstrom ist es, der durch einen anderen Lichtstrom fliesst!...

AGLAIA, unterbrechend, leidenschaftlich.

Ich will mein Kind!.. meinen Sonnenschein zurück haben!.. ich will ihn! (Mit einer Geberde der Ohnmacht — die Stimme erloschen.) — aber ich kann mich nicht bewegen — — (Hilflos.) Lysander! — hältst du mich zurück?

LYSANDER, noch immer wie abwesend.

Wie ruhig er fliesst, der Strom.. lautlos in die Ewigkeit! Sprich leise.. lass ihn erst vorbeifliessen...

AGLAIA,
mit leiser, jammernder Stimme, verwirrt um sich blickend.

Ich will, aber ich kann nicht! — Ich will meine Glieder bewegen, aber ich kann nicht!.. mich friert an den Knien.. ich bleibe angewurzelt stehen — — Auch sie wollte ihre Arme schliessen und konnte nicht.. sie wollte sie schliessen und öffnete sie.. öffnete ihre Arme, weil sie sie fester schliessen wollte, gerade deswegen!... (Mit fliegenden Gliedern, kreischend.) Lysander hilf! — hilf mir! (Mit einem grässlichen Aufschrei.) Lysand — — — —!

Die GRAUE FRAU, welche die ganze Zeit mit dem Kinde am Fenster gestanden ist, es fest in den Armen haltend, ja fast erdrückend, und von deren Stimme nur hie und da einige Worte mit dem Windstosse hereindrangen, wird plötzlich von sichtbarem Zittern befallen. Man sieht sie sich tief vornüber aus dem Fenster neigen und dann wieder aufrichten mit einem Laute, mehr dem dumpfen Stöhnen eines sterbenden Tieres, dem erwürgten Krächzen eines Vogels als dem Schrei eines Menschen ähnlich: — schrill und doch erstickt und taub, wie die Erde tönt, wenn ein harter Gegenstand auf sie schlägt, oder wie das Dröhnen einer tiefen Kellertür, die plötzlich zugeworfen wird und den Boden erzittern macht... Plötzlich wirft sie ihren Oberkörper nach dem Innenraume zurück, hält eine Secunde die beiden offenen, freien Arme im Mondlicht empor und schlägt dann auf den Fensterpfosten, wie ein Holzklotz, den ein Windstoss an die Wand geworfen... Das Kind war ihren Armen entfallen — — (Sie hatte es für ihr eigenes gehalten: sie hielt es wieder in ihren Armen; der übermächtige Wille, ihr Kind nicht fallen zu lassen, es diesmal doch zu retten, war wieder über sie gekommen, und deswegen musste sie wieder ihre Arme öffnen und es fallen lassen, es geradezu werfen auf die Klippen, in das Meer... Sie war das verkörperte Leid. Sie durfte ihr Wesen nicht verneinen, indem sie aufhörte zu leiden — sie müsste denn sich selbst ungeschehen machen.) Den Kopf und den Hals tief in den Brustkorb eingezogen, als wäre das Dach auf sie gefallen, die beiden Füsse vor sich stemmend, wendet sie ihr vom Monde voll beleuchtetes Gesicht, bleicher noch als das Mondlicht, nach innen, LYSANDER und AGLAIEN zu. Ihr Unterkiefer hat sich nach vorne geschoben und hängt herab. Ihre Augen drehen sich noch immer nach dem Meer, und man sieht nur das Weisse der Augäpfel in das Zimmer hereinleuchten. Ihre Arme krampfen sich vor ihrer Brust zu einem engen Kreise zusammen, wie um einen unsichtbaren Körper zu halten... AGLAIA ist, mit dem sterbenden Ausruf «Lysander» auf den Lippen, erstarrt. Ihr ganzer Oberkörper beugt sich nach vorne, als wolle sie etwas sehen, das sie nicht zu erkennen vermag. Ihre Augen treten fast aus den Höhlen. Ihr Gesicht drückt keinen Schmerz aus, sondern nur furchtbares Staunen — Staunen über das, was sie sehen soll, was zum ersten Mal in ihrem Leben ihr entgegentritt.

LYSANDER'S
Augen verschlingen die Gestalt der GRAUEN FRAU: seine Blicke stürzen zu ihr und fliehen wieder zurück, kehren abermals zu ihr und wieder zu ihm zurück; dann gehen sie und kommen nicht mehr wieder. Seine Brust wogt immer stärker, und wie aus unergründlichen Tiefen bricht plötzlich aus ihm heraus ein schmetternder Ruf.

Das ist zu viel für dich! Das darfst du allein nicht tragen — — —!

Er stürzt zu der GRAUEN FRAU —
der Mörderin seines Kindes — und
schliesst sie stürmisch in die Arme. Sie
fällt an seine Brust mit einem dumpfen
Laut, als wäre ihr letzter Odem damit
verflogen: ihr Kopf hängt nach unten
wie eine geknickte Blüte; ihre Arme
fallen schwer herab. — Beide bleiben
am Fensterpfosten angelehnt im vollen
Mondlichte. LYSANDER trägt seine Bürde
gleichsam ohne sie zu fühlen; sein Gesicht ist beseligt.. er beugt sich wie
trunken über ihren Kopf in seinen Armen
und trinkt ihr Antlitz mit dem seinen:
wie in Anschauung eines in seinem eigenen
Inneren stattfindenden wunderbaren Vorganges vertieft, erscheint er der Wirklichkeit entrückt.. und er stammelt vor sich
hin, leise, sich unterbrechend, wie um
seiner eigenen Stimme voller Wonne zu
lauschen.

Meine Seele! — — Meine Seele! — — Du
bist das Licht meiner Seele — —

                Und wieder in abgerissenen Sätzen.

Du bist das Licht — — Mein Licht — —
Meine Schönheit — — Du bist das Leben
— — Der Tod — — Du bist ich — —
Du bist Alles — — — —*)

---

   *) Seit dem Erscheinen der GRAUEN FRAU ist in LYSANDER eine
Umwälzung vorgegangen: seine Wesenheit hat sich gespalten. Auf
der einen Seite der ewige Mensch, auf der andern Seite das zufällige,
vorübergehende Individuum. Dieses, durch äussere Verhältnisse und
natürliche Notwendigkeit bedingt und begrenzt — jener, ein ureigener,

Bei diesem Anblick ist AGLAIA zurückgetaumelt, wie von einem Keulenschlag auf den Kopf getroffen. Der Ausdruck des Staunens ist dem grenzenlosen Schmerze des Erfassens gewichen. Mit einem gellenden Schrei bricht sie zusammen. — *) LYSANDER und die GRAUE FRAU bleiben in unveränderter Stellung am Fenster... Die Bäume und die Wellen rauschen mit dem Winde durch die offenen Fenster, die Lampe flackert in ihrem

---

reiner, innerer Kern, selbstseiend, selbstleuchtend, grenzenlos, endlos flutend, die bildende Idee, die der Form zu Grunde liegt, vor der Erschaffung der Hülle präexistierend in einer anderen Region (von der wir nichts wissen, als was aus unseren eigenen Tiefen heraus das Grauen vor dem Unbekannten uns lehrt), noch immer ihr eigenes Leben führend in einer anderen Atmosphäre (die nur selten uns streift, um uns auf kurze Augenblicke des beschränkten Menschentums zu entkleiden), nach Dingen strebend, die durch den menschlichen Verstand nicht erkennbar sind, Dinge erblickend, Lauten lauschend, von denen wir nichts sehen und nichts hören... Es gibt Augenblicke, an welchen das Ewige in uns aus seinen tiefen Einsamkeiten heraus an die Oberfläche tritt. Das geschieht unter der Einwirkung, unter dem Zwange vielmehr einer höchsten Notwendigkeit, einer Macht so überaus gross und herrlich, dass das blosse Nahen ihres Flügelschlages unser schlummerndes Innenwesen in Sturm zu peitschen vermag. Dann handelt für uns das Ewige in uns, nach unbewussten, unabänderlichen Gesetzen, die ausserhalb aller Verhältnisse des Lebens liegen, und denen es willenlos preisgegeben ist. — In dem vorliegenden Falle offenbart sich diese höchste Macht als innere Schönheit, die dem Wesen der GRAUEN FRAU entstrahlt. Ihr zu huldigen, ihr sich zu ergeben ist: ἀνάγκη — Verhängnis. So ist LYSANDER in diesem inneren Ringen widerstandslos, ein Schiffbrüchiger, der von den entfesselten Wogen seines Seelensturmes geschleudert wird: unerbittlich jenem Punkte zu, wo er in die Fluten seines Verhängnisses untergehen muss...

*) Es soll den Schauspielern überlassen bleiben, die tragische Grösse dieser Katastrophe in einer ihrer künstlerischen Individualität entsprechenden Weise, aus sich selbst heraus zum Ausdrucke zu bringen. — Die Gestalt der GRAUEN FRAU sehe ich verkörpert in ADELE SANDROCK: ich habe die Rolle für sie geschrieben und eigne dieses mein esoterisches Drama nur den lichtesten Höhen der Kunst zu.

Winkel. Es vergehen mehrere endlos scheinende Minuten des Schweigens... Dann schnellt plötzlich

AGLAIA

empor. Mit leisen hüpfenden Schritten schwebt sie zum Meerfenster hin, wo die Beiden sich umarmt halten. Sie sieht sie nicht.. sie bleibt vor dem Fenster und reckt die Hände aus. — Mit einer schrillen, kläglich zitternden Stimme, die lustig sein möchte.

Ach der Lichtstrom des Glückes!.. aus weiter, weiter Ferne fliesst er zu uns her, bis zu unseren Füssen, bis zu den Klippen, an denen er bricht! An den Klippen muss er brechen — aber wir wollen ihn über unsere Seelen weiterfliessen lassen.. wir wollen ihn nicht enden lassen zu unseren Füssen an den Klippen — — Ja, unsere Seelen sind würdig, das Glück zu beherbergen, nicht wahr, Aglaia?.. nicht wahr, Aglaia?...

Sie ahmt die Stimme LYSANDERS nach. — Sich aus dem Fenster hinausbeugend.

O nein! — o nein! Er zieht vor, mit der Leiche meines Kindes zu spielen, Lysander — der Lichtstrom des Glückes.. er mag nicht zu uns herein: er fürchtet sich vor unseren Seelen — zu finster ist es ihm

darin.. — er begnügt sich, mit meinem toten Kinde zu spielen.. das ist viel schöner! O, das ist schön, die blonden Haare zu ringeln, die ganz blutig sind...
(Ihre Stimme sinkt zu geheimnisvollem Flüstern herab.)
Ich will ihn nicht stören in seinem Spiel; ich will auf den Fussspitzen hinausgehen in den Garten...

> Sie geht auf den Fussspitzen gegen die Parktür zu... Vor sich hin mit leisem Entzücken.

Auch ich bin jetzt schön! Leide ich nicht genug dafür?.. — mein Kind liegt unten bei den Klippen —; aber ich habe es nicht selber gemordet — — Es tut nichts: es werden doch fremde Männer kommen, mich zu umarmen, weil ich so sehr leide...

> Nach allen Richtungen winkend, mit irren, hilflos flehenden Blicken.

Kommet doch!... So kommet doch....!

> Ein greller Lachlaut, einem verschluckten Schluchzen ähnlich, entquillt ihrer Brust, dehnt sich aus und reisst entzwei — bevor er noch geendet. — Mit beiden Händen abwinkend, als hätten Andere gelacht.

Schweigt! Schweigt! — — (Sich plötzlich eines Anderen besinnend.) Ich will aber erst in den Garten gehen.. ich will den Blumen lauschen und den Bäumen, wie früher.. wie früher — als ich noch ein kleines Mädchen war... Wie ferne das ist! — — Hört ihr das Flüstern der Blumen und der Föhrenzweige?.. die Orangendüfte kommen und sagen mir, dass sie mich alle erwarten... Hört ihr's? (Mit seligem, unauslöschlichem Lächeln.) — Ich bin jetzt selber eine Blume — eine, die man abgebrochen.. ins Herz geschnitten... (Verklärt.) Ja ich bin's.. ich fühle, dass ich es bin... Ah! (Mit bedeutungsvollem Nicken.) — jetzt werde ich sie gut verstehen, die Blumen und die Bäume.. jetzt habe ich feine Ohren!

> Sie macht einige Schritte gegen den Zuschauerraum... In jubelndem Tone, jedes Wort hinausschmetternd.

..Dann komme ich zurück und sage allen Leuten, was für schöne Sachen ich gehört habe — — (Grell, wie wenn eine Glasscherbe zersplittert.) Auf Wiedersehen — — — — —!

> Sie stürzt durch die Glastür in den Garten.. man hört ihr helles, kindliches Lachen, das sich entfernt... Die Tür links geht auf, und der Diener schaut verstört herein.

Ein grauer Schleiervorhang fällt sehr langsam.

Das Orchester spielt gedämpft *Chopin's Präludium* Nr. 4.